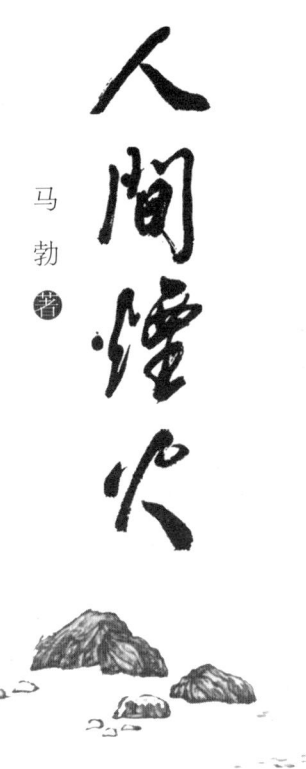

人间烟火

马勃 著

群言出版社
QUNYAN PRESS
·北京·

图书在版编目（CIP）数据

人间烟火 / 马勃著. -- 北京：群言出版社，2023.6
ISBN 978-7-5193-0829-2

Ⅰ. ①人… Ⅱ. ①马… Ⅲ. ①诗词－作品集－中国－当代 Ⅳ. ①I227

中国国家版本馆CIP数据核字（2023）第054697号

责任编辑： 胡　明
封面设计： 闽江文化

出版发行： 群言出版社
地　　址： 北京市东城区东厂胡同北巷1号（100006）
网　　址： www.qypublish.com（官网书城）
电子信箱： qunyancbs@126.com
联系电话： 010-65267783　65263836
法律顾问： 北京法政安邦律师事务所
经　　销： 全国新华书店

印　　刷： 三河市天润建兴印务有限公司
版　　次： 2023年6月第1版
印　　次： 2023年6月第1次印刷
开　　本： 880mm×1230mm　1/32
印　　张： 8
字　　数： 165千字
书　　号： ISBN 978-7-5193-0829-2
定　　价： 62.00元

【版权所有，侵权必究】

如有印装质量问题，请与本社发行部联系调换，电话：010-65263836

目　录

第一部　诗

卷一　五言律诗

夜思边事 / 003

北漂落魄秋归 / 003

荒　居 / 004

雪夜送友人 / 005

月夜送伊人 / 005

夜游当阳桥 / 006

元夜家书 / 006

岁末怀乡 / 007

故地重游 / 007

幽　居 / 008

午后红茶 / 010

秋水黄昏 / 010

燕赵悲歌 / 011

别　意 / 012
羁旅心境 / 012
归　恨 / 013
山野孤村 / 014
山雪夜 / 014
赤壁怀古 / 015
黄昏吟 / 017
登西安古城楼 / 017
客　居 / 018
清明祭 / 019
话边事 / 019
孤　羊 / 020
山中访友 / 021
怀故乡 / 021
守　边 / 022
旅　途 / 024
等　待 / 024
挚　情 / 025
相　思 / 027
边　事 / 027
雨夜怅思 / 028

卷二 五言绝句

重　逢 / 031

春　恨 / 031

夜宿杨子江畔 / 032

游川陕秦汉古地有感 / 032

雪阻黄泥坡 / 033

思　乡 / 033

羁　旅 / 035

感流年 / 035

小楼长夜 / 035

夜　酒 / 036

路阻黄昏雪 / 036

秋　夜 / 037

飞　雪 / 037

相　思 / 038

慰游子 / 038

晚　秋 / 038

春　夜 / 039

偶　得 / 039

汉宫怨 / 041

世　风 / 041

春　夜 / 042

夕　月　/　042
山　中　/　043
流　光　/　043
贫家志　/　044
孤　旅　/　044
秦楼恨　/　046

卷三　七言律诗

偶　遇　/　048
江　行　/　048
春　愁　/　049
颂英雄　/　050

卷四　七言绝句

雨　夜　/　052
旅　愁　/　052
秋　心　/　054
致抗洪英雄　/　054
月夜闻箫　/　054
红尘过客　/　055
塞　外　/　055
恋　春　/　056
追　梦　/　056

伤春 / 057

清明 / 057

惜花 / 058

春山居图 / 058

杏花夜落 / 059

归乡 / 059

无题 / 061

读《答苏武书》 / 061

归恨 / 062

俗情 / 062

山居 / 062

别情 / 063

春 / 063

诗义 / 064

岳阳楼怀范公 / 064

乡魂 / 065

寒江雪夜 / 065

人生岁月 / 066

江月 / 066

家 / 066

游子 / 067

泊汉水怀感 / 067

咏梅 / 068

落　叶 / 068

卷五　古诗

寂寞春 / 070
柳　絮 / 070
《红楼梦》/ 072
乡　情 / 072
人　生 / 073
春　句 / 073
春将到 / 074
　雪 / 074
今　春 / 074
野　游 / 075
一　梦 / 075
忐　忑 / 076
朋　友 / 076
妃子笑 / 077
漂　泊 / 077
胜日京郊 / 079
悼袁隆平 / 079
流　光 / 080
怀杨贵妃 / 080
怀友去 / 081

茶　道	/ 081
禅　意	/ 082
无　题	/ 082
叹古时战祸	/ 083
双　栖	/ 085
思　娘	/ 085
怀　乡	/ 086
戍边情	/ 086
观牧牛图	/ 087
黄昏怅舟	/ 087
达　摩	/ 088
相　思	/ 088
怀英雄	/ 089
送　别	/ 089
近除夕	/ 091
赠友人	/ 091
寒窗叹	/ 092
酒陈岁新	/ 092
乱世情怀	/ 093
四　季	/ 093
悼公祭日	/ 094
颂精准扶贫	/ 095
将进酒·劝君	/ 096

第二部　词

- 解佩令 / 098
- 贺圣朝·怀光阴 / 099
- 一剪梅·读《红楼梦》/ 100
- 一剪梅·雨夜 / 102
- 一剪梅·两地情 / 103
- 一剪梅·痴心人 / 104
- 一剪梅·二月江南行 / 105
- 天净沙·夏郊月夜 / 106
- 天净沙·饮马长河 / 106
- 天净沙·清明 / 107
- 天净沙·天涯路 / 107
- 天净沙·沙场情 / 109
- 天净沙·天涯怅客 / 109
- 天净沙·思伊人 / 110
- 天净沙·农家 / 110
- 减字木兰花·夕阳渐远 / 111
- 减字木兰花·泊舟烟渚 / 111
- 减字木兰花·春闺 / 112
- 减字木兰花·乡愁 / 112
- 醉太平·羁旅 / 113
- 醉太平·夜读 / 113

醉太平·流浪 / 114
醉太平·英雄儿女 / 114
醉太平·守望 / 115
醉太平·旅思 / 115
醉太平·别情 / 115
醉太平·荷 / 117
醉太平·春难留 / 117
醉太平·天涯相思 / 118
潇湘夜雨·岁月流殇 / 119
潇湘夜雨·红梅 / 120
潇湘夜雨·回首 / 121
潇湘夜雨·人间流光 / 122
南乡子·心境 / 124
南乡子·倚马叹流光 / 125
南歌子·子夜吴歌 / 126
一丛花·祭父 / 127
淡黄柳·幽兰 / 128
醉花阴·思忆 / 129
长相思·大风吹 / 131
长相思·失意 / 131
长相思·七夕 / 132
长相思·塞外思乡 / 132
长相思·怀光阴 / 133

长相思·怀古 / 133

长相思·情隔一江水 / 133

忆秦娥·愁旅 / 134

忆秦娥·秋旅 / 134

忆秦娥·水天月 / 135

渔家傲·戍边 / 136

相见欢·秋行 / 138

相见欢·春闺怨 / 138

相见欢·杏花 / 139

相见欢·光阴流转 / 139

相见欢·怜春 / 140

望海潮·怀边事 / 141

荆州亭·痴心 / 142

声声慢·诗者 / 143

解语花·元宵夜 / 145

诉衷情·元夜叹玉莲 / 146

诉衷情·致青春 / 146

丑奴儿·荒野孤村 / 147

丑奴儿·落红 / 147

风入松·浪人情歌 / 148

风入松·夜雨落杏 / 149

浪淘沙·节后返京 / 150

浪淘沙·北漂 / 151

浪淘沙·思归 / 153
江城子·枯树 / 154
江城子·抗日 / 155
暗香·雪 / 156
卜算子·怀春 / 157
卜算子·梦游 / 158
卜算子·话夫妻 / 160
卜算子·怀古情 / 160
卜算子·思君 / 161
卜算子·怀伊人 / 161
卜算子·苦旅 / 162
虞美人·乞者 / 162
虞美人·青云志 / 163
虞美人·劝李煜 / 164
虞美人·情殇 / 165
虞美人·别愁 / 166
眼儿媚·天涯 / 168
眼儿媚·别愁 / 169
眼儿媚·故地重游 / 170
阮郎归·池荷 / 170
阮郎归·忆童年 / 171
阮郎归·愁妇 / 172
临江仙·羁旅情 / 173

临江仙·怀建党百年 / 174

苏幕遮·天涯何处 / 176

苏幕遮·雪夜 / 177

苏幕遮·征途 / 178

青平乐·问情 / 179

青平乐·新春怀想 / 180

青平乐·蜀道难 / 181

青平乐·追梦 / 183

西江月·肥绿难消红瘦 / 184

西江月·昭君出塞 / 185

西江月·大漠魂 / 186

西江月·再别南宁 / 187

西江月·天涯人 / 187

西江月·怀苏武 / 188

西江月·自立 / 189

西江月·征人 / 190

西江月·又一年 / 192

西江月·山夜探伊人 / 193

西江月·农家 / 193

西江月·塞下怀古 / 194

西江月·豪情 / 195

西江月·贺两会 / 196

西江月·羁旅 / 198

西江月·爱无悔 / 199

西江月·农家乐 / 200

西江月·壮志豪情 / 202

西江月·游子光阴 / 203

西江月·怀袁隆平 / 204

西江月·情殇 / 204

西江月·贺建党百年 / 205

西江月·光辉岁月 / 206

柳梢青·冬雪 / 208

忆王孙·约会 / 209

忆王孙·伤别庚子 / 209

采莲令·元夜怀想 / 210

如梦令·枯树 / 212

如梦令·冬思 / 212

如梦令·春节 / 213

如梦令·相思 / 213

如梦令·摇篮曲 / 214

如梦令·追梦 / 214

如梦令·怀旧 / 215

如梦令·郑州抗洪 / 215

唐多令·盼归 / 216

人月圆·怀李煜 / 218

调笑令·鸿雁 / 219

调笑令·知了 / 219

画堂春·端午夜宿汨罗江 / 220

贺新郎·江南春夜 / 221

齐天乐·悯农 / 223

庆春泽·思伊人 / 224

误佳期·醉光阴 / 225

多丽·春 / 226

菩萨蛮·惜春 / 227

菩萨蛮·怀袁公 / 228

水调歌头·楚汉烽火 / 230

水调歌头·母亲节怀已故母亲 / 231

蓦山溪·雪夜吟 / 232

谒金门·东风情 / 233

谒金门·爱之惑 / 234

祝英台近·相思夜 / 234

生查子·春景 / 236

钗头凤·愁醉 / 237

钗头凤·闺情 / 238

钗头凤·情囿 / 239

第一部 诗

卷一 五言律诗

蜀山問樵

壬寅春月馬劼盧於京都

夜思边事

号角破风寒,胡笳泣断肠。
边秋①孤雁过,冬塞②雪飞扬。
月照千山外,人愁两地伤。
亲朋皆离散,何日剑刀藏③。

注释

①边秋:边关的秋天。
②冬塞:边塞的冬天。
③剑刀藏:指战争停息,和平到来。

北漂落魄秋归

北觅青云①路,南归落魄途。
他乡生白发,故土见田芜。
泪目西风处,谁怜落日孤②。
家门明月下,不敢向灯呼③。

注释

①青云：比喻理想报负。
②谁怜落日孤：意为有谁会同情像落日一样落魄孤独的人呢。
③不敢向灯呼：意为惭愧地不敢向灯下的亲人打招呼。

荒　居

旷野雁高飞，长河落日垂。
风浮明月起，叶落扣柴扉①。
独树寒鸦聚，孤灯寂寞围。
荒居愁旅路②，何日见朝晖。

注释

①扣柴扉：轻敲柴门。扣，敲；柴扉：柴门。
②旅路：指人生追梦之路。

雪夜送友人

风吹泪奏琴①,雪落故人行。
怅望孤舟影,愁吟好友名。
江寒水未醒,弦断夜鸦惊。
半曲相思尽,一生不了情。

注释

①泪奏琴:含泪弹奏着琴弦。

月夜送伊人①

长亭踏月去,别恨乘风来。
怅倚河边柳,愁思几日归。
一声离歌尽,万缕相思随。
叶落来年时,但愿伊人回。

注释

①伊人：佳人，心上人。

夜游当阳桥

月照当阳桥，烽烟万古遥。
张飞立马啸，孟德①落荒逃。
欲知当年事，重听旧日箫。
英雄安在否，煮酒问渔樵②。

注释

①孟德：指曹操，字孟德。
②渔樵：渔夫和樵夫。

元夜①家书

醉里与家别，醒来又一年。
茫茫难自知，黯黯独成眠。
落魄思田里，流亡②念妻颜。
相思怎问讯，望月几时圆。

注释

①元夜：元旦之夜。
②流亡：流浪。

岁末怀乡

门前草木霜①，院内菊花残。
雪地声声叹，风中曲曲伤。
一心无限憾，两眼尽凄凉。
铺纸书台上，愁情欲诉难。

注释

①草木霜：草木覆霜。

故地重游

今春故地游，旧景生新愁。
又见枝头月，难寻柳外楼。
花前思软语①，雨后念归舟②。
怅然红尘③处，痴情负④我流。

注释

①软语：指情话。
②归舟：指心上人归来乘坐的船。
③红尘：人间。
④负：辜负。

幽　居

野旷^①月幽深^②，茅庐酒醉沉。
风吹黄叶树，灯照白头人。
骤雨拍窗响，狂歌世不闻。
愁居荒谷处，长叹水无声^③。

注释

①野旷：四野空旷无边。
②幽深：深而幽静。
③长叹水无声：长叹自己空有一身抱负和理想，却只能像荒谷中的溪水一样无声流逝。

春江欲曉

壬寅春月馬勁畫

午后红茶

冬阳暖透窗,武夷岩茶香。
杯外流光溢①,杯中古韵藏②。
初尝觉味苦,再品口心甘③。
饮尽闲情散,愁丝④又复缠!

注释

①流光溢:指时光在饮茶中不知不觉地流逝。
②古韵藏:指杯中蕴藏着古朴的茶韵。
③甘:甜。
④愁丝:指心中的愁怅和忧虑。

秋水黄昏

无浪亦无烟①,江舟一线牵②。
夕阳斜渡鸟③,秋水远连天。
岸上黄花瘦,山前玉月圆。
寺钟④音未绝,叶落又一年。

注释

①无浪亦无烟:是指江上没有浪也没有烟雾。
②江舟一线牵:整齐地停泊在岸边一排排的船只,就像是被一条线牵系着一样。
③夕阳斜渡鸟:意为夕阳斜照着江面,飞鸟都纷纷归巢。
④寺钟:寺庙的钟声。

燕赵悲歌

落日照空城,繁华①了无痕。
千街无车马,万巷少人声。
怅水依郭②叹,愁云滞顶横③。
悲歌燕赵④地,壮士泪沉沉。

注释

①繁华:这里指繁华的景象。
②郭:古代在城的外围加筑的一道城墙。
③滞顶横:横滞在头顶上方。
④燕赵地:指河北。

别　意

黄昏月半明，目断①故人行。
痛饮刘伶醉②，轻弹雉尾琴③。
声声更漏④叹，静静孤灯听。
酒尽琴音绝⑤，晨风送鸟鸣。

注释

①目断：一直望到看不见。
②刘伶醉：一种白酒的名字。
③雉尾琴：形如雉尾的琴。
④更漏：古代的一种计时器。
⑤绝：消失，不见踪影。

羁旅心境

白雪①五更飘，红河②万里遥。
南归路漫漫，北上雨潇潇。
音信风尘隔③，相思涕泪浇。
难中④情不老⑤，不怕日萧条。

注释

①白雪:意指北方飘雪。

②红河:南方云南省境内的一条河。

③隔:隔断;阻隔。

④难中:指灾难中。

⑤老:消退。

归 恨

远见宿迁①城,孤帆半日程。

昼眠知浪静,夜语觉潮生。

白发十年壮②,归心此时沉③。

推门明月下,屋破院无声。

注释

①宿迁:苏北的一座城市,诗人的故乡。

②壮:茂盛、增多之意。

③沉:沉重。

山野孤村

四野尽苍茫^①，孤村接大荒^②。
怒风^③撕落木^④，飞雪虐泥墙。
凄草连天远，愁鸦宿渡^⑤难。
千年孤僻地，何日见春光。

注释

① 苍茫：空阔辽远。
② 大荒：无边的荒野。
③ 怒风：猛烈的风。
④ 落木：落叶。
⑤ 宿渡：栖息和飞渡。

山雪夜

月下雪纷飞，山中雁叫悲。
一江流水滞^①，两岸劲风吹。
万里冰封地，千年寂寞随。
孤星天外现，独照岭边梅。

注释

①滞：停滞，因冰封流水停滞。

赤壁怀古

帆落大江南，舟停赤壁旁。
微微风起浪，冥冥①忆周郎②。
人去风流淡，魂归与谁谈。③
孤灯对三国，独夜④梦难安。

注释

①冥冥：渺茫。
②周郎：指三国时期吴国的大督都、赤壁之战的主导者周瑜。
③"人去风流淡，魂归与谁谈"：意为周瑜故去后，他的英雄气概、丰功伟绩都被后人淡忘了，他的魂魄归来还能和谁相谈呢？
④独夜：孤独的夜晚。

黄昏吟

双燕入幽林,黄昏寂寞吟。
钟声风外去,柳色雨中行。
不散①穷途②恨。常悬日月心。
十年犹未尽,空余子归③情?

注释

①不散:不放弃。
②穷途:路的尽头。
③子归:杜鹃鸟的别名。这里指忠贞不屈的气节。

登西安古城楼

初上长安①楼,潇潇②暮雨收。
绵绵秦院③树,片片汉宫④秋。
都怨秦王⑤暴,谁知汉帝⑥愁。
亭残碑缺⑦处,泪有几人流。

注释

①长安：西安的古称。
②潇潇：形容小雨的样子。
③秦院：秦朝的庭院。
④汉宫：汉代的宫廷。
⑤秦王：秦始皇。
⑥汉帝：汉高祖刘邦。
⑦亭残碑缺：指历史遗留下的陈迹。

客 居

飞沙塞外停，日落胡笳吟①。
明月他乡照，愁人夜独行。
离离②原上草，切切③思乡情。
寂寞天涯处，何年了此心。

注释

①吟：低声吟唱。
②离离：指草丰盛浓密。
③切切：深切之意。

清明祭

岸上长青柳,江中寂寞舟。
夕阳携影走①,共看春江流。
万里清明路,一腔热血愁?
三杯酒洒②后,悲泪坠坟头。

注释

①牵影走:指夕阳牵着行人的影子走。
②三杯酒洒:这是苏北地区在坟前祭祖的一种仪式,表达对先人的敬意。

话边事

号角泪斜阳,胡笳泣断肠。
春风对青冢①,明月照枯颜②。
塞外多兵事③,征人命日悬④。
断魂台上望,泪见雁飞南。

注释

①青冢:这里指长满青草的荒坟。
②枯颜:指征人憔悴的容颜。
③兵事:战事。
④悬:难以预料。

孤 羊

群羊归圈尽,念尔^①影伶仃。
骤雨相呼失,狂风四顾行。
茫茫荒野里,不见崽^②焦心。
处处急寻觅,声声乳母情。

注释

①尔:指寻找羔羊的母羊。
②崽:指丢失的羔羊。

山中访友

闲①倚一枝藤,静听暮鼓声。
兰香万丈谷,雾绕千峦峰。
枝上清风舞,花间月色深。
云中不见路,何以觅仙神。

注释

①闲:指山中访友途中小憩空闲之时。

怀故乡

日落吴中①路,飘零万里身。
春江花月夜,病酒②异乡人?
不见乡容貌,唯闻俚语③声。
相思无处诉,只有对孤灯。

注释

①吴中:指江南。
②病酒:饮酒沉醉。
③俚语:地方土话。

守　边

斜阳照北门,泪眼望长城。
立马西风处,微闻战鼓声。
别言①犹未尽,一骑已绝尘②。
马踏阴山险,弯弓月下横?

注释

①别言:告别的话。
②绝尘:形容奔驰神速。

旅　途

野地遍黄花，天边尽落霞。

春风愁宿处①，云雁忘归家。

短憩②长亭外，长思月下她③。

高歌一曲罢④，纵马向天涯。

注释

①宿处：住的地方。

②憩：休息。

③她：指心上人。

④罢：停止，停下来。

等　待

明月窥①西窗，愁颜灯下伤②。

悲怀人不在，暗念处何方。

侧耳听门外，痴心已欲狂。

鸡鸣灯火尽，犹自待人还。

注释

①窥：偷看。

②伤：神伤，悲伤。

挚 情①

同是京城客②，相逢必醉归。
浮云一别后③，流水十年随④。
再聚情依旧，相拥鬓已衰。
何因不自去，只为等君回。

注释

①挚情：真挚的友情。

②客：客居异地的外乡人。

③浮云一别后：像浮云一样轻轻的分别后。

④流水十年随：就如流水一样四处漂泊了十年。

相 思

江水叹幽幽,相思一叶舟。
风鸣千叶柳,月照几人愁。
夜梦红酥手,醒来涕泪流。
灯边孤影瘦,无耐读红楼①。

注释

①红楼:指《红楼梦》一书。

边 事

月横江水流,日近天山头。①
戍地炊烟起,家乡梦已幽。
征人恨夜短,不解相思愁。
醉卧沙场叹,何年此恨休。

注释

①月横江水流,日近天山头:家乡的明月横照着江流时,天山那边的太阳才刚要落山。表明了两地的时差比较大。后两句亦如此。

雨夜怅思

孤灯自燃明,夜雨敲窗频①。
笔下无声处,人间万籁音②。
千年几点墨,万岁一声吟。
日照关河远,当怀明月心③。

注释

①频:频繁。
②万籁音:自然界的各种声音。
③明月心:明月心是高风亮节,君子坦荡荡的象征,这类人为表明自己的心迹的时候,就善用明月心。

卷二　五言绝句

重 逢

伊人踏月来,游子逆风归。
泪眼相逢处、犹疑旧梦回。

春 恨

花落雨山前①,风吹泪柳颜②。
伊人心碎去,梦遗断桥边。

注释

①雨山前:雨后山前。
②泪柳颜:挂在柳叶上的雨滴就像泪珠一样,故作泪柳颜。

夜宿杨子江畔

冷月照孤楼,寒鸦宿渡头。
西风夜骤①起,叶落几多愁。

注释

①骤:突然。

游川陕秦汉古地有感

大雪漫秦坡,苍穹落汉河。
遍行川陕地,不见《大风歌》①。

注释

①《大风歌》:汉高祖刘邦所作。

雪阻黄泥坡

千山鸟不鸣,万径路难行。
风怒撕心裂,人愁向雪吟①。

注释

①吟:吟唱。

思 乡

舟泊落日头,客①唱离歌愁。
人醉他乡酒,魂归故土游。

注释

①客:身居他乡的游子。

羁 旅①

故乡三万里,羁旅十年行。
夜泪床前月,晨霜覆两鬓。

注释

①羁旅:长久在他乡作客。

感流年

久伫孤舟头,长思暮日愁。
江怀明月意,水伴落花流。

小楼长夜

明月上西楼,清风入户柔。
残烛泣影瘦,浊酒①纵人愁。

注释

①浊酒：未过滤的酒。

夜　酒

天寒雪未飘，酒热恨难消。
羁旅长堪醉，风尘去梦遥。①

注释

①羁旅长堪醉，风尘去梦遥：意为羁旅他乡的人，只有醉了才不思乡啊，那就长醉不醒吧。让这乡愁和所有的红尘愁事都在醉梦中随风而逝。

路阻黄昏雪

日吻群峰别，风拂万木斜。
灰云落暮雪，路阻长亭歇。

秋　夜

秋露初生微①，轻寒入帐帏。
空房愁寂寞，踏月不思归。

注释

①秋露初生微：意为秋露刚刚落下时，微微有点寒凉。

飞　雪

飞雪漫汀洲①，玄冰②滞③水流。
寒鸦无宿处，片片芦花愁④。

注释

①汀洲：水中沙土积成的小平地。
②玄冰：厚冰。
③滞：停滞，不流通。
④片片芦花愁：因雪落满芦花，让它的"头发"变得更白，似是愁白了一般，故片片芦花愁。

相 思

海角一壶酒,天涯万里愁。
相思千古有,浩浩向东流。

慰游子

酒是家中酿,缘何①醉异乡。
游魂②须少饮,此物最愁伤。

注释

①缘何:什么缘故。
②游魂:游子。

晚 秋

闲云携野鹤,秋水共长天。
落叶飘身后,夕阳坠影前。

春　夜

夕阳叹暮春①，明月笑昏灯。
双燕傍梁语，情浓忘夜深。

注释

①暮春：暮色中的春天。

偶　得

黄昏见月眉①，轻落②万枝梅。
初吐迎春蕾，含苞待雪飞。

注释

①月眉：指初生的新月。
②轻落：指月光轻落。

汉宫怨

飞燕出烟林①,幽情落汉廷②。
眼含青泪舞,心伴叶飘零。

注释

①飞燕出烟林:指那些年轻美丽的女子离开家门。
②幽情落汉庭:那幽深的情怀遗落在汉朝宫廷内。

世　风

西湖武穆①魂,独唱满江红②。
放眼烟波上,皆歌陶朱公③。

注释

①武穆:指南宋抗金英雄岳飞。
②满江红:词牌名。这里是指岳飞作的《满江红》词。
③陶朱公:指范蠡,商人之祖。

春　夜

清曲①落幽庭，空阶杏雨②淋。
影前烛泪尽，月下望长亭③。

注释

①清曲：没有音乐伴奏的歌声。
②杏雨：比喻杏花纷纷飘落的样子。
③长亭：指分别的地方。

夕　月①

水岸夕阳醉，东山初月羞。
两情愁相对，叹落一江流。

注释

①夕月：夕阳和明月。

山 中

清风抚古松,流水遇黄昏。
孤雁长空过,留声和^①晚钟。

注释

①和:呼应。

流 光^①

千秋一洒泪,百代不同悲。
万物随风逝,光阴依旧飞。

注释

①流光:光阴。

贫家志

夜静千家梦,晨微①百鸡鸣。
少年灯下读,父母田间行。

注释

①晨微:晨光微透。

孤　旅

大漠胡杨树,草原牧马人。
天涯寂寞处,长醉日沉沉①。

注释

①长醉日沉沉:每日沉醉。

秦楼恨

秦楼多怨女,月下常悲歌。
曲曲思乡泪,声声徒奈何①。

注释

①徒奈何:没有办法,无可奈何。

卷三　七言律诗

偶 遇

少年时别泗洲①楼,长大相逢古渡头。
问姓十年方初见,称名惊忆旧容休。
别来细数沧桑事,语罢夕阳伴水流。
明日又登漂泊路,秋山秋水几重愁。

注释

①泗洲:诗人故乡的古称,今洪泽湖沿岸。

江 行

黄昏已弃晚霞情,逝水依拥落日心。
两岸清风掀绿幔①,一行倦鸟入烟林。
满江叹起颜波皱,半月忧思影不明。
寂寞孤舟烟渚泊,茫茫愁絮远天行。

注释

①绿幔:比喻林荫像绿色的幔帐。

春 愁

和马致远《天净沙·秋思》

山中老树栖昏鸦,野径枯藤卧嫩芽。

明月东山怜瘦马,春风古道笑黄花。

水流寂寂桥横跨,溪岸幽幽不见家。

今夜天涯无去路,明晨去路依天涯。①

注释

①今夜天涯无去路,明晨去路依天涯:意为今夜夜色已深,看不清天涯去路,明晨依然要行走在赶往天涯的路途上。表明了天涯路漫漫,追梦无期的愁怅。

颂英雄

立业何须面帝王,建功未必战边关。
英雄不在朝堂上,巷陌依能万丈光。
只要丹心赴国难,骨灰何处不能扬[①]。
青山念念难相忘,必让无名永世芳。

注释

①扬:洒。

卷四　七言绝句

雨 夜

窗外雨吟千古怀,长沟流月万年哀[①]。
孤灯不定情难尽,暗把心思笔下埋。

注释

①长沟流月万年哀:明月本应照着江河,却流淌在沟渠,所以感到哀伤。

旅 愁

明月清风古渡头,相拥愁看水东流。
书生一笔千行泪,羁旅半生无处留[①]。

注释

①留:停留,定居。

秋　心①

晨光未透鸟先鸣，惊梦推窗呼气清？
秋收在即情难尽，匆匆又向田野行。

注释

①秋心：秋天的心情。

致抗洪英雄

洪水滔滔虐九州，人间又见万民愁。
无情暴雨有情士，血肉之躯阻逆流。

月夜闻箫

醉卧黄昏望水流，徘徊月下闻箫愁。
箫愁不解何人奏，曲曲撩人泪不休。

红尘^①过客

过客红尘难久留,夕阳寂寞照空楼。
青春无力阻头白,灯下光阴悄然流。

注释

①红尘:人世间。

塞 外

天山横月落愁烟,风卷狂沙马不前。
寂寞沧桑长栖处^①,春光何日画^②荒原。

注释

①长栖处:长期居住的地方。
②画:描绘。

恋 春

风绕枝头叶叶柔,蝶逐花浪万颜羞。
夕阳难舍西山柳,明月急登古渡头。[1]

注释

[1] 夕阳难舍西山柳,明月急登古渡头:此句表明了夕阳难舍春色,明月急赴春夜的恋春情结。

追 梦

月光缓缓叶间游,夜色茫茫四野流。
逝水无声淘岁月,人生辗转困梦幽[1]。

注释

[1] 困梦幽:受困于遥遥无期的梦想。

伤 春

片片桃花似火烧,条条柳枝软无腰。
夕阳只照一边好,谁弃梨花满地飘。①

注释

①夕阳只照一边好,谁弃梨花满地飘:意为夕阳下那边桃红柳绿,无限风光,而这边却满地铺满了凋零的梨花。故有"夕阳只照一边好"之说。

清 明

柴门小院锁孤魂①,万里遥思野外坟。
旧土新藤谁过问,愁眉泪眼觅亲人②。

注释

①孤魂:指诗人自己。
②愁眉泪眼觅亲人:此句省略主语"坟"。意为满面愁容的孤坟含泪在行人中寻找自己的亲人。

惜　花

杏花雪后梨花雨①，叶上离愁叶下伤。
纵有桃花枝上笑，又能耐得几时芳。

注释

①杏花雪后梨花雨：此句中的"雪"和"雨"都是比喻杏花和梨花凋零时的情景。

春山居图

白墙灰瓦谷中藏，屋后青山浅黛①扬。
柳绿桃红怀隐院②，一池春水泄情长。

注释

①浅黛：淡淡的眉。
②怀隐院：怀中隐约可见小院。

杏花夜落

东风夜落杏花魂,月下轻敲万户门^①。
春梦幽幽难唤醒^②,阶前独卧泪纷纷?

注释

①月下轻敲万户门:主语省略句,省略了主语"杏花魂"。
②春梦幽幽难唤醒:难唤醒的是春梦幽幽的人。

归 乡

乡风扑面乡音绕,故土重逢故事^①聊。
羁旅十年今日了,乡愁千夜此时消。

注释

①故事:陈年往事。

无 题

月色横流万里诗,孤灯默守千年词。
人生无物永追忆,唯有遗文后世思。

读《答苏武书》①

不经去国怀乡苦,怎知寄人篱下愁。
悲悯李陵无耐叹,泪思苏武十年②囚。

注释

①《答苏武书》:李陵所作,也就是李陵给苏武写的回信。
②十年:这里只是个时间概念,苏武在匈奴应是十九年。

归 恨

怀梦离乡落魄归。黄昏不敢扣柴扉。
伤心失望爹娘泪,月下徘徊独自悲。

俗 情

东君①一笑醉红尘,万紫千红百媚争。
待入深宫方知悔,长思昔日多情人。

注释

①东君:东风,春风。

山 居

岭上浮云岭下家,谷中流水谷边花。
西山日落东山月①,晨沐清风晚披霞。

注释

①月：这里用作动词，意为月亮升起来了。

别　情

一曲阳关①别日意，千杯浊酒此时情。
灯前泪共窗边雨，滴到天涯夜未明。

注释

①阳关：阳关曲，古曲调名，古人常在送别时唱，倾诉离愁。

春

东风吹柳日初长，西院什阳雪渐残①。
芽跃千枝四处望，欲脱旧衣换新裳。

注释

①残：消融。

诗 义

歌月吟风叹水流,飞花落叶病酒①愁。
诗文本就为情瘦,莫笑少年早白头。

注释

①病酒:饮酒沉醉。

岳阳楼怀范公①

洞庭湖上岳阳楼,人去楼空水自流。
千古文章墨迹锈②,如今只有范公愁。

注释

①范公:范仲淹,字希文,谥文正,吴县人。著名的戍边将领。
②锈:比喻年代久远,产生锈迹。

乡 魂

枯藤老树昏鸦泣①，古道西风瘦马咽②。
遗落乡魂何处觅，小桥流水人家前。

注释

①泣：指昏鸦尖叫声像哭泣一样，另有看到故人归来喜极而泣之意。
②咽：指瘦马累得呜咽，有马不停蹄急归之意。

寒江雪夜

雾笼沙洲①月笼江，霜缠古渡风缠帆。
梅栖雪地鸦栖柳，夜断更声人断肠。

注释

①沙洲：江河里、海滨或浅海中，由泥沙堆积而成的大片地面。

人生岁月

岁月沧桑一瞬间,浮云过眼万千年。
晨钟唤醒黄粱梦①,暮鼓惊心难入眠。

注释

①黄粱梦:这是一个典故。比喻想要实现的好事落得一场空。

江 月

长江作线月为钩,欲钓江沉万古愁。
不见积愁浮水面,却瞧月在江中游。

家

梦里江南万树花,醒夹塞外满天沙。
浮生①踪影居无定,何处天涯不是家。

注释

①浮生:指短暂虚幻的人生。

游 子

长亭不饮忘乡酒,月下长思故土情。
来日①关山何处去,浮云作伴并肩行。

注释

①来日:将来的日子。

泊汉水怀感

风满征帆雪满江,暮泊汉水望孤山。
长悲三国英雄泪,更惜①今朝艳阳天。

注释

①惜:珍惜。

咏 梅

傲骨不与春日共[①]，痴情只为雪中红。
孤芳放尽东风处，一缕幽香玉彻魂。

注释

①共：共存。

落 叶

西风不解[①]叶离愁。片片相思寂寞游。
今日魂归贪瘠土，来年飞绿上枝头。

注释

①不解：不明白。

卷五　古诗

寂寞春

东风缠柳叶摇头,林荫深处鸟歌愁。
为抗瘟神愿①闭户,多少春光寂寞流。

柳　絮

似花却又非花,欲觅①何方人家。
处处挂眉粘发,天天浪迹天涯。

注释

①欲觅:想要寻找。

《红楼梦》

《红楼梦》里梦红楼,人去楼空寂寞流。
都缘一纸荒唐言①,凭添人间多少愁。

注释

①荒唐言:夸大不实或荒谬无理的话语。

乡　情

一寸乡容一寸心,寸寸都是乡土情。
残枝败叶黄泥路,地老天荒寂寞行。
怅水锁眉舟不顾①,孤村愁吟无人听。
夕照泪影堤上望,一片茫茫无春临②。

注释

①顾:回头看。
②临:来到,到达。

人 生

天地如逆旅①,
光阴似过客。
念浮生之若梦,
叹为欢有几何。

注释

①逆旅:旅馆。

春 句①

桃枝初芽泄春微,柳梢飘雪疑絮飞②。
莫言水暖鸭先知,早有东风识寒梅。

注释

①春句:描写春天的句子。
②柳梢飘雪疑絮飞:柳梢上飘落的残雪,以为是飞舞的柳絮。

春将到

月映寒塘惊影瘦①,芦花弄雪更白头。
鸦鹊梅上急声报,海角东风已登舟。

注释

①影瘦:月亮映在水中清瘦的身影。

雪

一夜北风万树花,朵朵飞入百姓家。
来时有影去无踪,愁付春水向天涯。

今 春①

春花寂寞江南岸,东风无力泪眼看。
白公②春词无人唱,琵琶独奏《声声慢》③。

注释

①今春:指今年的春天。
②白公:白居易。
③《声声慢》:词牌名,曲风哀婉幽怨。

野 游

远涉秋溪晚飞霞,丛林深处有人家。
柴扉半掩无人语,老翁正网落日花①。

注释

①落日花:落日余晖洒在水面上,就像是无数的花朵。故称落日花。

一 梦①

一梦十年今未醒,镜中白发笑痴心。
浮生恰似东流水,日夜东流人不知。

注释

①一梦：指追逐理想之梦。

忐 忑[①]

孤身伫短亭，两眼望南京。
欲奏相思曲，又怕无人听。
江南有佳丽，不敢猜芳心。
唯恐红颜怒，从此不闻音。

注释

①忐忑：心神不定。

朋 友

人生三万日，朋友一生情。
风雨同舟渡，富贵并肩行。

妃子笑[1]

今食妃子笑,恨忆贵妃[2]骄。
犹记万里路,只为一念消[3]。

注释

①妃子笑:荔枝的一个品种。
②贵妃:指唐玄宗宠妃杨玉环。
③一念消:满足杨贵妃吃荔枝的念头。

漂 泊

孤霞落柳烟,饮马长河边。
怅望天涯路,泪落夕阳前。

胜日京郊

阳光洒满路,鸟儿林间鸣。

漫步京郊野,心宽任我行。

浮云舒卷①意,涧水自由情。

天地一揽尽②,不知何处停。

注释

①舒卷:舒展和卷缩。
②一揽尽:指一眼望去,事物就都收入眼底。

悼袁隆平

久无饥荒心,当念袁隆平。

今日袁公去,举世尽伤情。

稻香可为证,田野一生行。

生负解饥责,死依稻梦①萦。

公恩怎能忘,公德应永铭。

国失栋梁才,山河苦泣吟。

注释

①稻梦：指袁隆平院士的稻下乘凉之梦。

流 光①

灯边读史夜无眠，月落鸡鸣又一天。
岁月如歌长叹唱，一页翻过即千年。

注释

①流光：光阴。

怀杨贵妃

牡丹只为贵妃羞，只是不见贵妃游。
万千宠爱风雨后，唯遗马嵬坡①前愁。

注释

①马嵬坡：杨贵妃死的地方。

怀友去

友去波纹平^①，蝉休^②月满林。

杯中酒未尽，尚余别离情。

怅望天涯影，怀君寂寞行。

何年此日处，再奏流水^③音。

注释

①友去波纹平：友人乘舟去后，水面又恢复了平静。

②蝉休：蝉停止了鸣叫。

③流水音：指高山流水曲音。有友人相聚之意。

茶　道

一杯清怀^①茶，饮后忘繁华。

盘膝古松下，细细品味它。

注释

①怀：心怀。

禅　意

雾里看花透，水中望月明。
闭目听风雨，万物皆在心。

无　题

今日相见欢①，同游陌上花②。
游到荆州亭③，泪见浪淘沙④。

注释

①相见欢：词牌名。
②陌上花：词牌名。
③荆州亭：词牌名。
④浪淘沙：词牌名。

叹古时战祸

狼烟起四方，逢火燃家乡。
背井离乡去，携儿带女亡①。
诸侯争霸主，百姓忍饥荒。
将相军中令，兵卒血满裳。
孤魂野鬼泣，白骨饿狼欢。
一代王朝业，多年血泪扬。
终迎归故土，却不见家园。
屋倒残垣②立，田芜野草长。
灾时尚可饭，胜日无余粮。
秦汉皆如此，何年不断肠。

注释

①亡：逃亡，流亡。
②残垣：倒了的墙，废墟。

双 栖

水鸟知双栖,人却要分离。
守得情无欲,方能永相依①。

注释

①永相依:永远在一起相依为命。

思 娘

一去三十年,从未泪风前。
今夜梦中见,声切急唤娘。
未待白发①应,泪雨已飞扬。

注释

①白发:指母亲。

怀 乡

乡愁无影紧相随,落叶无声急唤归。
明月何时照归路,好约浮云并肩行。

戍边^①情

壮士赴边关,含泪舍家乡。
沙场连雪域,枯冢向夕阳。
只怕空余恨,何惜多情伤。
一人为国难,万众家园安。

注释

①戍边:戍守边疆。

观牧牛图[1]

云断险峰腰,谷深雁飞高。
牧童横笛笑,牛叹柴门遥。

注释

[1]牧牛图:诗人收藏的一幅石高堂老师的画。

黄昏怅舟[1]

白云朵朵水中游,一叶孤舟云上愁。
钩月映水云羞走,愁下云端挂月勾。

注释

[1]怅舟:指孤舟愁寂怅然的样子。

达 摩[1]

一苇渡江去,十年寂寞行。
都知禅宗祖,谁解坐禅心。

注释

①达摩:南天竺人,佛传禅宗第二十八祖,为中国禅宗的始祖。

相 思

杯中明月[1]碎,化作伊人泪。
千杯人不醉,万分心憔悴。

注释

①明月:代表相思。

怀英雄

大雪漫边关,冰河绕地荒①。
相思一片片,生死两茫茫。
孤身震敌胆,展臂护河山。
血染界碑固,不让寸土伤。
多少英雄气,鼓起大国帆。

注释

①地荒:荒地。

送 别

日落送君去,踏月携愁归。
一路相思泪,煮酒掩柴扉①。

注释

①掩柴扉:关上柴门。

覓知音

辛丑秋月弼寫於詩盧居

近除夕

浮云终日飞,游子何时归。
转眼除夕近,天涯相思陪。

赠友人

君为朝堂士,我为山野人①。
根系一方土,至今不相闻。
庙堂系君心,乡土牵我魂。
相距千万里,始终不相逢。
幸得江上饮,文墨结良朋。
无物可相送,只好赠陋文②。

注释

①山野:乡村。
②陋文:简陋的诗文。诗人对自己诗文的谦称。

寒窗[1]叹

情遗颜如玉,梦断黄金屋。
书海苦经营,生涯依空无。

注释

[1]寒窗:比喻艰苦的读书生活。

酒陈岁新

才饮陈年酒,已忘当初事。
陈酒经岁香[1],流光[2]不相识。

注释

[1]经岁香:经岁月的沉淀更加醇香。
[2]流光:流逝的光阴。

乱世情怀

树静风不止,花残雨方停。
乱世烽烟起,死生共国行①。

注释

①死生共国行:无论生死,都要和国家共同前行。

四 季

叶落秋风劲,草长春雨柔。
露润夏花艳,雪舞寒梅幽①。

注释

①幽:幽香。

悼公祭日

难忘九一八,犹记卢沟桥。
烽火遍地燃,神州漫烟硝。
铁蹄无情处,不尽泪水浇。
山河已破碎,村落皆萧条。
百姓尸荒野,将士血水漂。
家国不堪看,故园不忍瞧。
但见贼敌笑,怒火心中烧。
唤醒民族魂,挺直中华腰。
复我家国土,仇恨一刀削。
万众一心战,强敌怯遁逃。
江山依旧固,几度风雨飘。
自古公道在,天地日月昭。
再看大中华,江山分外娆。
斯人[1]已故去,往事不远遥。
当此公祭日,着墨慰英豪。
牢记当年耻,不忘沧桑遥。

注释

[1] 斯人:指那些抗日战争中为国牺牲的人们。

颂精准扶贫

扶贫何惧雨风狂,精准攻坚解万难。
万众奋战小康线,一家一户细商谈。
跋山涉水无非想,逆雪迎霜意气昂。
更喜陕甘川贵藏,收关一战喜开颜。
尔今得胜思过往,多少英雄舍身当。
文秀英灵四野荡,中央日夜操劳忙。
欲消百姓千年憾,重担万斤大国扛。
冠古绝今伟业创,谁人不见清风扬。
全民高歌共产党,万众一心家国强。
中国奇迹惊世叹,百年屈辱一扫光。
幸逢①盛世莫痴妄,久保繁华重任长。
华夏仍须奋力战,才能信服众豺狼。
如今国立青云上,笑看世界风云淡。
点点滴滴都难忘,吾辈更应惜而光②。

注释

①幸逢:有幸遇到。
②惜而光:珍惜并发扬光大。

将进酒[①] · 劝君

君不见白云千载空悠悠,烟波江上有人愁。君不见高堂狂呼千杯酒,寂寞却随风雨后。人生失意莫回首,只因憾事年年有。青春应追日光走,莫负光阴随水流。不怯流年去不返,只怕霜染少年头。

唐王勃,秦甘罗,小儿身,名千秋。年少别多愁,轻舟一叶四海游。往事滴滴如更漏,直干青云才堪忧。今日纵酒且狂醉,但了心事三百岁。明朝关山从头越,策马扬鞭追明月。纵有千山万水横,难阻少年热血腾。人生路,谁不苦,贤圣英雄皆如故劝君长啸奔征途。

注释

①将进酒:汉乐府《饶歌》十八曲之一。

第二部　词

解佩令[1]

十年风雨,万千里路,叹羁旅、独身飘渡。日日狂书,日日赋、空飞愁怒。几多回、梦中湿目。

只因春故,错将秋误[2],泪夕阳、又垂天幕。落拓江湖,更难觅、青云何处。料封侯、此生空负。

注释

[1]解佩令:词牌名,晏几道体,中华新韵。
[2]"只因春故,错将秋误"句:意为因迷恋美丽的春天,荒废了光阴,错失了秋天的收获。

贺圣朝① · 怀光阴

举杯泪唤青春住。却匆匆如故。三分岁月二分芜,更一分无助。

天涯垂幕、愁来何处。向谁倾情诉。人生苦短怎长书,往前莫回顾。

注释

①贺圣朝:词牌名,叶清臣体,词林正韵。

一剪梅[①]·读《红楼梦》

一曲红楼几断肠。醉了夕阳,泪了鸳鸯。楼空人去梦依长,今世无缘,来世茫茫。

莫怨东风落杏伤。薄命红颜,宿命流光。红楼梦里不寻常,昨夜歌狂,今日凄凉。

注释

[①]一剪梅:词牌名,本词为李清照体,中华新韵。

一剪梅·雨夜

怅雨①幽幽②落静庭。窗外呻吟,灯下人听。钟声午夜叹不停,浊酒浇心,寂寞缠情。

羁旅无眠愁泪盈。身似浮萍,何处功名?前程漫漫梦依萦,不论阴晴,一路前行。

注释

①怅雨:愁怅的雨。
②幽幽:形容声音微弱。

一剪梅·两地情

雁别衡阳风北来[1]。云也灰灰,雪也堆堆。灯花挑尽旅人哀,长夜思归,寂寞相陪。

瘦影倚窗愁举杯。不见帆回,长向边垂[2]。青春将被月光埋,日日牵怀,夜夜徘徊。

注释

①雁别衡阳风北来:意指大雁北飞,冬天来了。
②边垂:即边陲,边境,这里指很远的地方。

一剪梅·痴心人

花落西风①何处飞。情逝成灰,心仍相随。长亭叹月夜风吹,浊酒一杯,满地愁堆。

望断天涯无限悲。只见秋来,不见春归。西楼弦断几多回,哭了寒梅,泪了蔷薇。

注释

①西风:秋风。

一剪梅·二月江南行

行遍江南欲觅春。晨踏清风,晚遇黄昏。由缰误入谷中村,疏木枯藤,小院柴门。

四处欢歌笑语闻。酒也醇醇①,人也纯纯②。心欣月下四周巡,村女羞容,正是春红。

注释

①醇醇:酒的香醇。
②纯纯:非常淳朴。

天净沙①·夏郊月夜

霞落一地黄昏,柳烟千里孤村,月洒无边夜韵。清风怀润,梦鸦酣卧荒坟。

注释

①天净沙:词牌名,马致远体,词林正韵。

天净沙·饮马长河

紫荻墨渚烟鸦①,落花流水飞霞,白发残衫②瘦马。夕阳西下,又泊何处天涯。

注释

①烟鸦:远鸦。
②残衫:破旧的长衫。

天净沙·清明

野径细雨灰云,岭边荒草孤坟,纸火香烟泪问。清明负恨,十年空对先人。

天净沙·天涯路

天空[①]野旷江濛,疏星勾月清灯,浊酒更深残梦。天涯风冷,怎敌光阴无痕。

注释

①空:空旷。

天净沙·沙场情

铁骑漫卷尘沙,剑锋滴血天涯,号角呜咽月下。金戈铁马,纵横天地为家。

天净沙·天涯怅客

疏枝飞雪鸦愁,豆灯①残酒人忧,雾重更深②夜幽。断肠客③瘦,怨箫穿透孤楼。

注释

①豆灯:微弱的灯光。
②更深:指半夜以后;夜深。
③客:指客居异乡的游子。

天净沙·思伊人

雨急断雁①思家,月斜人醉天涯,泪洒流光几茬②?相思树下,落花声里寻她。

注释

①断雁:离群的孤雁。
②几茬:多少回,几次。

天净沙·农家

蕃茄韭菜黄瓜,壮牛苍狗雏鸭,绿柳红砖墨瓦。白云之下,麦田环绕农家。

减字木兰花①·夕阳渐远

夕阳渐远,又见流光欺泪眼?勾月一轮,再挂愁肠醉旅人。

桃风柳幔②,只是当年春水岸。今日江边,渔火江枫愁对眠?

注释

①减字木兰花:词牌名,欧阳修体,词林正韵。
②柳幔:柳色如幔帐。

减字木兰花·泊舟烟渚

泊舟烟渚,雁落芦花羞问故。日暮人愁,醉里悲歌送水流。

月明江静,疑在故乡惊梦醒。野旷天低,一片茫茫无所依。

减字木兰花·春闺

檐边日落,窗外黄昏无雁过。灯下无人,月洒帘栊寂寞深。

空庭落雨,和泪愁听双燕语。满地梨花,又把香魂缠万家。

减字木兰花·乡愁

床前明月,又让旅人①心碎裂。光影如霜,醉里无眠几断肠。

仰天长叹,夜色茫茫何处断。泪眼低头,满地乡愁寂寞流。

注释

①旅人:游子。

醉太平[1]·羁旅

天边落霞,庭前落花。西风卷起帘纱,睨[2]窗边月芽。
家乡琵琶,他乡胡笳。不知何处天涯,哪方才是家。

注释

①醉太平:词牌名,刘过体,中华新韵。
②睨:斜着眼看。

醉太平·夜读

西江雨停,东山月明。清风山涧穿行,四周蛙共鸣。

书中忘情,心头叹轻。孤灯默默旁听,不觉又天明。

醉太平·流浪

妈妈泪扬,爸爸叹长。乡愁满满心藏,带儿奔远方。

他乡断肠,常思故乡。风吹满脸沧桑,远方依漫长。

醉太平·英雄儿女

尸埋怒沙,别哭爸妈。那株浴血黄花,是您生的娃。

心无点瑕[①],唯怀大家。死生不问天涯,一生情为她[②]。

注释

①瑕:玉上的斑点,这里指杂念。
②她:这里指家国。

醉太平·守望

迷人的春,轻柔的云。无情走过柴门,不留一点痕。

孤独的人,田原的魂。洁心缠绕孤村,不粘一点尘。

醉太平·旅思

抬头望天,茫茫如烟。惊闻雁叫云间,又愁思万千。

风吹岸边,花飘岭前。相思月下绵绵,倚天涯泪颜。

醉太平·别情

长亭柳青,江中水清。荷花香诱蜻蜓,月光迷夜莺。

今将远行,乡音泪听。孤帆远影别情,共天涯梦萦。

醉太平·荷

青青小河,田田①绿荷。婷婷玉立婀娜,在波间快活。

夕阳润泽②,风中放歌。洁心世上难得,叹今人几何。

注释

①田田:形容荷叶相连的样子。
②润泽:滋润,颜色光泽。

醉太平·春难留

声声鸟啾,条条柳柔。飞花又入西楼,引笙箫①唱愁。

东风梦幽,销魂不休。春光日日东流,有谁能挽留。

注释

①笙箫:两种乐器。

醉太平·天涯相思

云中雁悲,风中泪飞。江边日落天垂,望孤帆影微。

愁箫夜吹,孤灯叹归①。天涯明月相随,问相思几回。

注释

①叹归:感叹天涯人何时才能归来。

潇湘夜雨①·岁月流殇

天际飞云,江湖飘影,不知来去何求。断鸿②声里,又落几多愁。寂寞黄昏问柳,为何又、魂系孤舟。月光瘦,疏桐叶漏,独照夜幽幽。

无由衫泪透,伤心总有,今夜不休。恨此心,难融③岁月奔流。叹负青云④太久,十年梦、屈指堪忧⑤。情依旧,光阴不候,白了少年头。

注释

①潇湘夜雨:词牌名,晏几道体,词林正韵。
②断鸿:失群的孤雁。
③难融:难以融入。
④青云:理想,抱负。
⑤屈指堪忧:屈指一算时间,心里感到忧虑。

潇湘夜雨·红梅

玉蕊红绡①,伸头探脑,含羞跃上枝梢。东风未到,点点破寒潮。迎雪逆风独傲,放眼望、岭上山腰。香初透,风光未俏,便急欲脱巢。

愁知花期少,东风易老②,难奈魂消。便独自,争分夺秒含苞。都道青春正好,却不料、情被春抛。谁知晓,才将春报,就唤醒春桃。

注释

①玉蕊红绡:指梅花玉一样的花苞,红绡一样的苞衣。
②东风易老:这里指东风容易让梅花凋零的意思。

潇湘夜雨·回首

愁怅的天,忧伤的雨,叹沧海又桑田。风中辗转,找不到从前。情未变、空余笑面,心永远、真爱无边。今依是,朝思暮想,难以下心间。

心中的等待,已成忍耐,犹记初言①。万般无奈,泪落几番。流不尽、情愁爱恨,消不去、白发枯颜。谁知②我?痴情怎了,将往事如烟。

注释

①初言:当初的誓言。
②知:告知,告诉。

潇湘夜雨·人间流光

云过长天,溪流山涧,日光戏耍人间。昨还花艳,今日便枯颜。南浦①雁、江天一线,忽又现、山后村前。回头望,空茫一片,怅然水云间。

人生都有恙②,怎无遗憾,难奈流年。少年长叹,老壮无言。愁岁月、锋如利剑,一剑剑、沧海桑田③。情难敛④,流光不见,依苦海无边。

注释

①南浦:南面的水边。
②恙:病,毛病。
③沧海桑田:比喻世事变化很大。
④敛:收敛。

南乡子^①·心境

把酒对长亭,荒野游离^②寂寞情。风里醉呼人不应,心境,情尽梦幽依未醒。

注释

①南乡子:词牌名,冯延巳体,单调,中华新韵。
②游离:孤独的游荡。

南乡子①·倚马叹流光

倚马叹流光,荒野年年寂寞长。雁叫声中极目望,茫茫,一片沧桑万古伤。

何物与情缠,苦觅青云在哪方?踏遍天涯依不见,江山,负我痴心泪几行。

注释

①南乡子:词牌名,双调。

南歌子[1]·子夜吴歌

一片长安月,千家夜不眠。春风不尽泪红颜。长望边关,烟起火冲天。

何日平胡虏[2],良人[3]笑面前。忧思从不让人闲。夜夜愁眉,灯下恨绵绵。

注释

[1]南歌子:词牌名,石孝友体。
[2]胡虏:匈奴。
[3]良人:古代妻子对丈夫的称呼。

一丛花①·祭父

人间天上好风光,怎比父面庞。沟沟壑壑②悲欢满,更流淌、人间沧桑。年年今天,音容浮现,追忆自成伤。

草鞋穿洞汗湿裳,日夜为家忙。征程不断难相见,待儿还、魂已天堂。泪中焚香,菊花坟上,孤影没③夕阳。

注释

①一丛花:词牌名,苏轼体,中华新韵。
②沟沟壑壑:指父亲脸上的皱纹。
③没:隐没。

淡黄柳①·幽兰

佳人绝代,独处红尘外。寂寞愁居空谷待。草本无心依在,明月多情却难耐。

色将黛②,西风又吹败③。青春碎,不能再,背夕阳、泪看春情溃④。别样芳华,有谁来采,又有谁来真爱。

注释

①淡黄柳:词牌名,正体,中华新韵。
②黛:青黑色颜料,这是指兰花颜色变浓,正是绽放芳颜之际。
③败:败落。
④溃:崩溃,溃败。

醉花阴[①]·思忆

白雪夜飞疑天昼,灯灭三更后。旧影负新愁,纠梦难休,晨镜惊神瘦。

觅梅踏雪黄昏后,有暗香盈袖。不似去年冬,玉面从容,人比梅花秀。

注释

[①]醉花阴:词牌名,李清照体,词林正韵。

长相思[1]·大风吹

大风吹,狂沙飞,荒漠茫茫落日垂,驼铃声渐微。

望乡台,孤魂埋,梦断楼兰几人回,问君何日归。

注释

①长相思:词牌名。正体,词林正韵。

长相思·失意

月朦胧,鸟朦胧,帘下芙蓉一点红,灯边寂寞浓。

日匆匆,步匆匆,雨打流光心事空,此情难从容。

长相思·七夕

风潇潇,雨潇潇,不见银河与鹊桥,相思何处飘。

路迢迢,水迢迢,织女牛郎相见遥①,此恨何日消。

注释

①遥:遥遥无期。

长相思·塞外思乡

天苍苍,野茫茫,雁叫声声人断肠,胡笳醉夕阳。

月光光,夜泱泱,愁与孤灯话凄凉,不如回故乡。

长相思·怀光阴

弹指间，万千年，沧海桑田几变迁，长思落日前。

笑容甜，泪水咸，直面光阴苦不言，愁情无物填。

长相思·怀古

长安春，雨纷纷，挥剑长歌朱雀门，英雄泗水人。

秦时魂，汉时坟，千古风云万古尘，难寻一点痕。

长相思·情隔一江水

南渡头，北渡头，一水分隔两岸愁，相思共水流。

君立舟，我倚楼，相望无言泪不休，何时能共游。

忆秦娥·愁旅

夕阳坠,风中又见昏鸦泪。昏鸦泪,轻滴芦苇,落愁江水。

西风古道吹人累,窗边月冷人憔悴。人憔悴,愁箫声碎,夜游魂醉。

忆秦娥·秋旅

秋声切,漫天飞叶西风烈。西风烈,残阳如血,断鸿声咽。

楼空任有灯花结,轻舟一棹黄昏别。黄昏别,西湖残月,泰山飞雪。

忆秦娥[①]·水天月

西江澈,江中月望空中月。空中月,水中玉洁,有谁采撷。

水天万里情难泄,望穿双眼相思切。相思切,一场风雪,十年音绝。

注释

[①]忆秦娥:词牌名,李白体,词林正韵。

渔家傲①·戍边

衰草②沙埋云遮月,朔风③卷起千堆雪,画角④呜咽音冻裂。心寒彻,边关久战思家切。

戍地又逢乡里节,千杯易醉情难泄,烽火不休人不别。愁肠结,征夫白发将军啜⑤。

注释

①渔家傲:词牌名,晏殊体,词林正韵。
②衰草:枯草。
③朔风:北风。
④画角:古管乐器。传自西羌。古时军中多用以警昏晓,振士气,肃军容。
⑤啜:抽泣。

漓江帆影

壬寅春月马勒画

相见欢[①] · 秋行

缠绵夜雨难停,隔窗听。恰似沧桑一曲、泪生平[②]。

灯不定,酒将醒,又天明。寂寞天涯一路、向秋行[③]。

注释

①相见欢:词牌名,薛昭蕴体,词林正韵。
②生平:一辈子;有生以来。
③秋行:在秋天里行走。

相见欢 · 春闺怨

东风空卷纱帘,已三年。日日天涯长向、泪红颜。

情未断,心依乱,苦无言。爱恨交加心困、两难间。

相见欢·杏花

白衣胜雪枝头,望西楼。暗送芳香却见、美人愁。

已猜透①,心难受,怕春休。朵朵凝望长思、泪长流。

注释

①已猜透:指杏花猜透美人愁的原因。

相见欢·光阴流转

海棠花谢梅苞,叹秋逃。无奈西风难阻、雪飘飘。

寒梅傲,春来到,暗香消。看惯人间旧貌、换新袍。

相见欢·怜春

杏花落了桃红,太匆匆。晨赋新词未就[①]、暮闻钟。

春色旧,月光锈[②],是愁容[③]。一缕怨箫如剑、裂长空。

注释

①未就:未完成。
②月光锈:指月光不明亮。
③愁容:指春天老去的容颜。

望海潮①·怀边事

祁连②横月,寒眉③冷对,苍茫直挂云天。戈壁莽荒,长风万里,飞沙乱葬岗前。遍地冢相连,白骨一片片,多少狼烟。胡汉④千年,古来征战几人还。

边城戍客枯颜。思归长夜叹,愁恨绵绵。心念小楼,孤灯泪影,伊人定也无眠。长伫望天边,见远归雁阵,不见归船。念此狂歌纵酒,羯鼓⑤醉西川。

注释

①望海潮:词牌名,柳永体,词林正韵。
②祁连:祁连山。
③寒眉:指天上如眼眉般的钩月。
④胡汉:指少数民族和汉民族。
⑤羯鼓:少数民族的打击乐器。

荆州亭[1]·痴心

云暗雾浓日匿,昔日点滴依记。过去乱今昔,多少悲欢恨意。

岁月去无影迹,泪想人生如戏。欲忘却痴迷,又向天涯寻觅。

注释

[1]荆州亭:词牌名,无名氏体,中华新韵。

声声慢①·诗者

谁谁废话,某某黄瓜,酸汤误作美酒②。没了诗词风骨,如何行走。文坛频生丑态,任由它、怎分良莠。杜甫叹,李白忧,自古法章空有。

纵有清流呼救,难奈那,心熏耻无颜厚。更况有人,怎敌俗风名诱。伤心手中剑锈,叹情怀、缺力承受。便急唤,我辈奋起灭魔咒。

注释

①声声慢:词牌名,李清照体,词林正韵。
②酸汤误作美酒:把如酸汤一样的文章当成美酒。

解语花①·元宵夜

东风乍泄,锦道②村街,花放③似飞雪。万家流月。人间夜、多少情愁纠结。泪凉酒热。依窗望、灯繁人悦。人海中、不见初颜④,独自心寒彻。

夜箫又撕心裂。遍地游魂啜,皆为情迭⑤。那年伤别。心依记、含泪相拥声咽。侬⑥情似铁。去意决、音信尘⑦绝。徒奈何、今夜元宵,任我相思切。

注释

①解语花:词牌名,秦观体,词林正韵。
②锦道:繁华的街道。
③花放:指花灯绽放。
④初颜:初见时的容颜。
⑤迭:更迭。
⑥侬:你,指心上人。
⑦尘:尘世。

诉衷情①·元夜叹玉莲

痴心元夜②乱如麻,泪眼望天涯。相思自古难画,故画作镜中花。

明月下,醉胡笳,泪琵琶。玉莲初嫁,面挂红霞,夫便离家。

注释

①诉衷情:词牌名,欧阳修体,词林正韵。
②元夜:元宵之夜。

诉衷情·致青春

木棚教室门洞开,白发老师来。孤村小儿都在,心喜爱,上泥台。

师念卖,子读埋,眼镜歪。树荫师寐,地上孩玩,何日成才。

丑奴儿①·荒野孤村

村流古韵浮云现,牛在田间,羊在坡前,柳下柴扉卧水边?

多年不见春风面,瘦了村颜,累了流年,愁绕孤灯难入眠。

注释

①丑奴儿:词牌名,和凝体,词林正韵。
②"多年不见春风面"句:多少年来都没有春风吹到这里。意指无人顾及这落后的山村。

丑奴儿·落红

残红难耐西风重,泪水溶溶,滴入江中,共水愁吟流向东。

流光几度夕阳送,来也匆匆,去也空空,幽梦深深月色浓。

风入松①·浪人情歌

远天一线落红霞,独自寄②天涯。笔尖蘸泪书③成画,倚帐纱、深夜思她。犹记那年初夏,为她摘采山花。

孤帆一棹泪别家,从此似风沙。常闻窗外风声大,断枝丫、何处栖鸦。幽梦③沉沉无话,醒来依是天涯。

注释

①风入松:词牌名,吴文英体,中华新韵。
②寄:寄身。
③幽梦:忧愁的梦境。

风入松·夜雨落杏

夜来风雨过闲庭，多少杏飘零。叹花正艳香消尽，一缕怨、无限愁萦？流落燕泥芳径①，醉迷幽梦啼莺。

东风春雨应多情，何故弃花行。魂消②依唤春桃醒，雨风惊、难阻红英③。今去无需怜悯，日来④重报芳名。

注释

①燕泥香径：燕子筑巢用的泥，芳香小径。
②魂消：指杏花凋零。
③红英：红花。
④日来：来日。

浪淘沙[1]·节后返京

日暖醉昏鸦,迷落平沙,东风万里送芳华。不过离情愁绪画,从此天涯。

未放尽烟花,便要离家,轻舟一棹泪爹妈。乡影难留游子路,梦里思家。

注释

[1]浪淘沙:词牌名,南唐李煜体,中华新韵。

浪淘沙·北漂

落木①风摇,残叶萧萧②,长亭对月酒一瓢。薄雾浓霜黄土道,此去迢迢③。

夜色共天遥,初雪飘飘,惊闻深谷野狼嚎。北漂帝都何日到,急上云霄④。

注释

①落木:落叶乔木。
②萧萧:形容风声。
③迢迢:形容遥远、久长。
④急上云霄:意指急着赶往实现理想的地方。

浪淘沙·思归

日落雁声残①,雾锁关山,北风吹雪夜惊寒。醉里依窗含泪望,长叹难安。

寂寞想家园,还有娇颜②,别时容易见时难。夜半钟声惊梦醒,又过一年。

注释

①残:这里指雁悲难以成声。
②娇颜:指心上人、情人。

江城子①·枯树

西风一怒万枝残,树光光,叶惶惶②。万里江山,何处不飞伤。纵有万愁千恨荡,依守望,不彷徨③。

枯枝突兀④刺苍茫,朔风狂,雪花扬。多少沧桑,泪眼望天荒。只要春来飞绿上,千古憾,也无妨。

注释

①江城子:词牌名,苏轼体,词林正韵。
②惶惶:恐惧不安,形容风中飘叶的样子。
③彷徨:因心神不安或犹豫不决而来回走动。
④突兀:高耸的样子。

江城子·抗日

八年①烽火映夕阳,举长枪,射天狼②。万里江山,热血洒苍茫。无数英雄生死战,驱国难,保家乡。

豪情不惧万敌狂,隐高粱,匿山冈。处处敌狂,处处灭敌亡。满目疮痍③焦土④上,红旗荡,战歌扬。

注释

①八年:指从1937年七七事变爆发后到1945年日本无条件投降这一时间段的全面抗战。中国抗日战争实际上是从1931年九一八事变爆发后开始的,准确来说,称为十四年抗战。

②射天狼:消灭敌寇。

③疮痍:战争之后的景象。

④焦土:战火烧焦的土壤。

暗香①·雪

玉颜嫚舞②。似杏花落萼,梨花初乳。③更胜东风,夜渡千花放枯树。此意寒梅最切,红点点、羞颜凝顾。渺天地、共色相拥,便自抱情笃④。

思度。去来处。不恼无叶根,愁月猜妒。玉心已固,何恨春风虐情苦。来为涤清尘垢⑤,别不忘、滋润万物。待日曛、风暖后,便寻归路。

注释

①暗香:词牌名,姜夔体,中华新韵。
②嫚舞:嫚妙的舞姿。
③"似杏花落萼,梨花初乳"句:意思是雪花好像杏花落下的花萼,颜色如梨花初放时乳白。
④情笃:情真意切。
⑤尘垢:尘世间的污垢。

卜算子[①]·怀春

日日盼春归,夜夜思春醉。若是春来人不回,又把心伤碎。

才遇东风吹,就见梅花泪。情到深时总是悲,更有相思累。

注释

①卜算子:词牌名,苏轼体,词林正韵。

卜算子·梦游

月洒玉纱柔,风拂兰花手。①携手清风披月②游,愁弃云霄后。

兴尽欲归楼,已见晨光透。睁眼隔窗望水流,叹梦皆空有。

注释

①"月洒玉纱柔,风拂兰花手"句:意为月光洒下轻柔的玉纱,清风吹拂像是兰花般的手在抚摸一样。

②披月:披着月光。

卜算子·话夫妻

如若与妻别,莫要生悲意。只要容颜永记心,便可长相忆。

若不与妻别,莫把糟糠①弃。患难夫妻永世情,相爱长相倚。

注释

①糟糠:糟糠之妻,指患难夫妻。

卜算子·怀古情

不见汉时关,不见秦时月。却见今人泪古人,何物将心虐。

愁起洛阳风,叹落长安雪。代代悲欢不尽同,只有情如铁。

卜算子·思君

君伴桃花来,又伴桃花去。待到桃花再放时,能否重相遇。

春又到南园,花艳依如故。花下思君不见君,暗念君何处。

卜算子·怀伊人

春似眼波流,秋是眉峰皱。欲问伊人哪处游,别把心伤透。

江上叹春休,月下吟秋瘦①。孤影昏灯两对愁,泪把琵琶奏。

注释

①瘦:形容秋天萧瑟的样子。

卜算子·苦旅

日落长安路,月洒清江渡。雾销关河万里途,目断天涯处。

寂寞无人顾,独守凄凉苦。酒煮愁思醉里呼,一梦缠千古。

虞美人①·乞者②

二胡③街上声声泣,诉尽悲凉意。行人漠视绕边行,不解流离颠沛浪人④情。

莫言乞者多欺诈,都是荒唐⑤话。若非身困万难前,谁会不思活的有尊严。

注释

①虞美人:词牌名,李煜体,中华新韵。
②乞者:乞讨的人。
③二胡:一种民族乐器。
④浪人:指流离失所的流浪人。
⑤荒唐:指思想言行错误到使人觉得奇怪的程度。

虞美人·青云志

平波一棹三千里,日落风云起。无边暮雨锁江天,一叶孤舟寂卧掩愁颜。

人生觅梦征途险,梦在何思远。壮心踏破贺兰山[①],不上九天揽月[②]心不甘。

注释

①踏破贺兰山:引自岳飞《满江红》词中"驾长车,踏破贺兰山缺",表达了词人的雄心壮志。
②九天揽月:理想报负。

虞美人・劝李煜①

国亡家破重重恨,李煜心忧愤。小楼昨夜叹东风,千古一词灯下泪书成。

万般苦痛谁人晓,《虞美人》②中找。劝君别借酒浇愁,不见年华似水向东流。

注释

①李煜:南唐后主,亡国之君,对词的贡献很大,后世称之为"词帝"。

②《虞美人》:指李煜的代表作《虞美人・感旧》。

虞美人·情殇

吻含香泪痴心碎,谁解情滋味。一生若有悦颜陪①,不怕百忧千苦万愁随。

真情不付东风②处,却被西风③负。傲梅披雪盼春来,不料春风吹雪艳梅埋。

注释

①悦颜陪:心里喜欢的红颜陪伴。
②东风:春风,这里指有情人。
③西风:秋风,这里指无情负心之人。

虞美人·别愁

落霞羞挽夕阳手,缓缓西山走。风吹泪水坠江流,怅望①孤帆远影不回头?

黄昏寂寞花间酒,醉倚青青柳。怨箫深夜泣西楼,难奈无情总让有情愁。

注释

①怅望:怅然若失地望着。

眼儿媚[①]·天涯

茫茫大漠满天沙,日落叹孤霞。一壶老酒,半轮残月,万里天涯。

夜深愁卧胡杨下,梦里又思家。累了瘦马,白了头发,泪了胡笳。

注释

[①]眼儿媚:词牌名,贺铸体,中华新韵。

眼儿媚·别愁

一曲离歌①万千愁,一棹一回头。夕晖②铺路,西风扶影,独返西楼。

卧听怅水咽声幽,怅水悯人忧。两杯青酒③,万声更漏④,夜泪不休⑤。

注释

①离歌:分别时唱的歌。
②夕晖:夕阳的余晖。
③青酒:青梅泡的酒。
④更漏:古代一种计时器。
⑤不休:不停。

眼儿媚·故地重游

清风千里入西楼,月照水东流。夜鸦宿渡,孤舟系柳,灯下人愁。

一重心事万重忧,旧地又重游。有情过去,无情今日,一梦幽幽。

阮郎归[①]·池荷

月光轻洒半池烟,烟中朵朵莲。清风拂面润荷颜。蜻蜓叶上旋。

花片片,叶田田,翠浓玉相间。蝶花夜恋正缠绵,池荷已入眠。

注释

①阮郎归:词牌名,南唐李煜体,词林正韵。

阮郎归·忆童年

晨风横笛牧羊牛,清清河水流。童谣歌醉柳枝柔,少年不识愁①。

攀古柳,战高丘,何为天下忧。②炊烟夕照去悠悠,归家入梦幽?

注释

①不识愁:不知愁。
②"何为天下忧"句:意指不知道什么是天下之忧。

阮郎归·愁妇

月斜楼上五更钟,豆灯①倦意浓。独拥炉火守寒冬,盼归无影踪。

风雪重,鸟离松,不知君欲从②?去时日暖少冬绒,夜寒妾泪容。

注释

①豆灯:指灯光微弱。
②欲从:想要归宿到哪里。

临江仙[1]·羁旅情

阵阵钟声催日落,黄昏一抹难留。月明又照柳梢头,栏杆依处,又见美人愁。

才叹江湖多险路,又怜雨入西楼。奈何羁旅两难求,相思不锈[2],更有国难忧。

注释

①临江仙:词牌名,南唐李煜体,词林正韵。
②相思不锈:这里指相思不会陈旧与消退。

临江仙·怀建党百年

回首百年多感叹,无言可表情长。留声岁月细思量,看英雄击浪,几度泪残阳。

忘死舍身驱国难,中华屹立东方。红船①默默忆流光,沧桑过后,不惧雨风狂。

注释

①红船:中国共产党一九二一年七月一日在嘉兴南湖的游船上诞生。

苏幕遮①·天涯何处

月光寒,天地旷,万里飞霜,直挂孤帆上。雾锁江濛风起浪,夜色茫茫,远处箫声荡。

影长长,灯怅怅。相对无言,只好依窗望。两岸烟山②愁相向,异地家乡,处处都难忘。

注释

①苏幕遮:词牌名,范仲淹体,词林正韵。
②烟山:远山。

苏幕遮·雪夜

幕云垂,飞雪坠,孤雁难飞,独卧沙洲泪。万树梨花无点翠,①坝上寒梅,红艳凭风吹。

影来回,难入寐②。寂寞相陪,不忍人憔悴。瘦影昏灯人已醉,往事归来,又把心思累。

注释

①"万树梨花无点翠"句:指冬天落光叶的树木上覆满了飞雪,就像开满了白色的梨花一样。

②寐:睡。

苏幕遮·征途

岭边风,江岸雨,檐下窗边,愁燕双双语。不解夕阳何处去,问柳寻花,一样心思许[①]。

倚天涯,歌古渡。四顾茫茫,都是断肠[②]处。多少魂遗追梦路,瘦影昏灯,醉里哽咽诉。

注释

[①]"一样心思许"句:意为许以同样的心事。
[②]断肠:形容伤心悲痛到极点。

青平乐[1]·问情

问情何处,怅叹无寻路。若有人知请告诉,万水千山急赴。

情匿影踪心芜[2],难停脚下征途。都道人间情苦,几人心上能无。

注释

[1]青平乐:词牌名,李白体,词林正韵。
[2]芜:荒芜。

青平乐·新春怀想

钟声夜渡①,万里烟花树。冬去春来人间路,喜乐哀愁无数。

苦难墨迹未干,希望落笔成书。放眼东风飞处,条条正道宏图。

注释

①钟声夜渡:新年的钟声在午夜敲响。

青平乐·蜀道难

欲登蜀道,多少行人笑。肖小①焉能攀陡峭?我却向天狂啸。

受尽冷眼相瞧,江湖依自横刀。高唱大风歌②调,风雨一路逍遥③。

注释

①肖小:这里被指别人看不起的人。
②大风歌:指汉高祖刘邦所作的《大风歌》,这里代表豪情壮志。
③逍遥:没有什么约束。这里指不受风雨侵扰。

青平乐·追梦

抛家伴路,直往青云①处。日落月升云密布,苦雨凄风无数。

莫道羁旅魂孤,人生自有归途。只怕此生空负,流年似水痕无。

注释

①青云:指理想抱负。

西江月①·肥绿难消红瘦

肥绿难消②红瘦,东风不解人愁。夕阳吊影窥空楼,明月默听更漏。

细雨又浇窗透,灯边寂寞横流。红尘过客去难留,长向天涯翘首。

注释

①西江月:词牌名,柳永体,词林正韵。
②难消:难以阻止,留不住之意。

西江月·昭君出塞[①]

雨打离愁远影,风吹异国旗旌。残阳如血马嘶鸣,雁落荒原野岭。

回望关河泪尽,长思故土愁行。时光传颂汉匈[②]情,犹记当年人景。

注释

①昭君出塞:王昭君,名嫱,原为汉宫宫女,公元前33年,胡汉和亲,昭君出塞(指光禄塞),为巩固汉朝与匈奴之间的团结友好关系做出了贡献。

②汉匈:汉朝和匈奴。

西江月·大漠魂

日日夕阳西下,天天漫漫黄沙。朝朝望不尽天涯,夜夜灯边无话。

万里几多牵挂,流年多少风华。江湖仗剑不归家,再现楼兰①如画。

注释

①楼兰:西域古国名。

西江月·再别南宁

难舍邕江①小径,花红叶绿蝉鸣。此时心内别它②情,唯有眼前风景。

来去匆匆如梦,童逢泪水盈盈。经停③无奈又将行,愁伴天涯孤影。

注释

①邕江:广西境内的一条江,系珠江水系。
②别它:没有其他。
③经停:途经暂停。

西江月·天涯人

古道风吹瘦马,长亭露宿孤鸦。黄昏溪岸望红霞,惊见水中白发。

又是春来如画,人间处处飞花。为何游子不回家,怅叹天涯月下。

西江月·怀苏武[①]

雁断天边胡月[②],羊归陇上[③]草烟。风中泪眼望家乡,塞外长安多远?

夜夜胡笳泣咽,春风几度人间。一思苏武牧流年,还是肝肠寸断。

注释

[①]苏武:西汉武帝时杰出的外交家,民族英雄。奉命出使匈奴,屈居匈奴十九年,持节不变,后终归国。
[②]胡月:胡地的明月。胡,指少数民族。
[③]陇上:泛指今陕北甘肃以西一带。

西江月·自立

天地阴云密布,疏梅傲雪神孤。疫情肆虐几时无,怒问苍天何故。

苦难人间无数,从来只有人除。情怀莫付幻虚[①]途,谁见上天眷顾。

注释

①幻虚:虚幻,不真实的。

西江月·征人

月照寒塘冷漠,风吹落叶无情。栖鸦凄叫夜惊心,又见征人①醉醒。

灯暗墨干言尽,枯容热泪难停。江湖飘雨十年行,夜夜孤灯摇影。

注释

①征人:人生征途上的追梦人。

西江月·又一年

落日别难挥手,西风卷起新愁。一江怅水不停流,何事缠心病酒①。

旧岁未消旧恨,新年又有新忧。光阴一去不回头,憾落人生回首。

注释

①病酒:饮酒沉醉。

西江月·山夜探伊人

叶落佳人何在,寒云小径几层。风中独倚老枯藤,落木栖鸦愁冷。

山谷溢流月色,柴门不透孤灯。伊人未返远星沉,露重霜寒依等。

西江月·农家

落日残留墟尾①,短笛横唱牛归。老翁倚杖候柴扉,心纠牧童归累。

田里麦苗绿翠,路边桑叶浓肥。锄归小曲满天飞,唱醉晚霞羞坠。

注释

①墟尾:村庄的尽头。

西江月·塞下怀古

怒马冰河急渡,水寒风冷如刀。平沙日没^①见临洮^②,眉锁尘烟漫道。

昔日长城争战,沙场血洒魂飘。荒坟白骨乱蓬蒿,早已无人知晓。

注释

①日没:日落。
②临洮:甘肃省一县名,古称狄道。为西北重镇,古代曾发生过多次战争。

西江月·豪情

大漠沙黄云淡,荒原路险风狂。跋山涉水雾茫茫,何惧江湖①急浪。

火海刀山笑闯,龙潭虎穴歌扬。青春不负好时光,定要青云直上。

注释

①江湖:江河湖泊,泛指各个地方。

西江月·贺两会

春送人间美景,东风①浩然前行。京都两会献真情,片片丹心可敬。

幽梦沉沉已醒,人间处处清明。高歌国富万家兴,日月昭昭②同庆。

注释

①东风:春风。
②昭昭:明亮。

西江月·羁旅

风送夕阳背影,月流古道长亭。山中落叶水浮萍①,星坠荒郊野径。

灯火三更将尽,五更鸡叫天明。西风跃马踏霜行,前路茫茫不定②。

注释

①浮萍:水面上浮动的水生植物。
②定:定数。

西江月·爱无悔

月下徘徊已久,风前涕泪长流。明知爱恨有缘由,何苦愁肠病酒。

不要痛心疾首①,谁人没有情愁。时光一去不回头,莫悔当初牵手。

注释
①痛心疾首:形容痛恨到了极点。

西江月·农家乐

爸爸锄禾归笑,妈妈做好佳肴①。全家畅饮正唠叨②,儿小③桌边耍闹。

奶奶摇头晃脑,爷爷竹筷轻敲。顽孙挺背唱童谣,柳上蝉鸣叫好。

注释

①佳肴:精美的饭菜。
②唠叨:聊家常。
③儿小:小儿子。

西江月·壮志豪情

岁月长河泛滥,难淹信仰堤防。前程似海鼓帆航,逆水劈波斩浪。

命运何思多舛①,人生苦难须当。高歌一曲啸八方,变幻人间天上。

注释

①多舛:指人的一生坎坷,屡受挫折。

西江月·游子光阴

秋雨绵绵不尽,夏花朵朵凋零。冬来大雪落空庭,春梦幽幽未醒。

江上风云不定,灯旁叹落难停。天涯明月醉长亭,[①]最怕夜深人静。

注释

[①]"天涯明月醉长亭"句:天涯明月指天涯游子,长亭有相思之意,本句意为游子思乡。

西江月·怀袁隆平

一粒梦中稻种,心中慢慢萌芽。长成大树穗飞花,见您乘凉稻下。

稻米飘香熟了,泪中又想妈妈。心怀天下梦怀家,还有青砖灰瓦。

西江月·情殇

系马胡杨树下,天边飞尽红霞。断鸿①声里望天涯,天幕无声又挂。

醉里愁思飞泻,怅听月下胡笳。十年羁旅尽思她,无奈伊人今嫁。

注释

①断鸿:落单的孤雁。

西江月·贺建党百年

五四惊涛骇浪,红船悄悄扬航。险滩恶水雨风狂,难敌心中信仰①。

岁月峥嵘②难忘,百年走出苍茫③。喜迎国富又民强,万众高歌颂党。

注释

①信仰:对某人或某种主张、主义、宗教极度相信和尊敬,拿来作为自己行动的榜样或指南。
②峥嵘:超越寻常,不平凡。
③苍茫:空阔辽远,没有边际。

西江月·光辉岁月

　　脚踏①肩挑背负,牛耕人种刀割。战天斗地放声歌,无数激情难遏②。

　　岁月匆匆去也,心中记忆几何③。须知今日好生活,正是当年所获。

注释

①脚踏:脚踏着大地。
②遏:遏制,阻止。
③几何:还有多少。

柳梢青①·冬雪

天地合帷②，铅云欲坠，雁阵难飞。雪胜东风，纵情梨树，万枝花归。

去年误了春葳，切莫负、今冬雪肥。更有寒梅，落红玉面，点点芳菲③。

注释

①柳梢青：词牌名，正体，平韵，词林正韵。
②天地合帷：天地茫茫一片，像是闭合的帷幕。
③芳菲：芳香而艳丽。

忆王孙[①] · 约会

夕阳西下水东流,又见黄昏月探头。柳下徘徊步不休。叹幽幽,心急伊人不下楼。

注释

①忆王孙:词牌名,李重元体,词林正韵。

忆王孙 · 伤别庚子

夜鸦凄叫不堪[①]闻,窗外风嚎泣断魂[②]。纵酒狂书万字文。夜无痕,泪煮光阴独自吞。

注释

①不堪:承受不了,不可。
②断魂:形容哀伤、愁苦。

采莲令[1]·元夜怀想

小桥头,寒水卧枯藕。村西口、几株疏柳。水溶月色向东流,寂寞孤村守。风吹得、窗边雪厚,门前狗瘦,夜鸦凄叫魂朽。

泪眼思忧,旧岁暗淡神伤走。今依是、满身尘垢[2]。万杯新酒,吼吼吼,莫负痴心[3]久。再回首、真情不咎[4],丹心长有,旭日悄然身后。

注释

①采莲令:词牌名,柳永体,词林正韵。
②满身尘垢:指词人仍在努力追寻着理想。
③痴心:指追求理想不变的心。
④咎:过失,罪过。

如梦令[1]·枯树

但见几株枯树,刺破寒冬天幕。曲颈向天呼,暴雪怒风何故。思度,思度,依守春归之路。

注释

[1]如梦令:词牌名,后唐庄宗体,中华新韵。

如梦令·冬思

寒夜久无明月,冬日长思玉雪。霜冷画窗花,风冽小梅香彻。心切,心切,欲把深楼愁泄。

如梦令·春节

火树银花夜放,海角东风逐浪。一路扫残寒,又纵花娇枝上。瞭望,瞭望,大地春情浩荡。

如梦令·相思

春弄花肥人瘦,风舞天涯冷袖①。落日照孤楼,点点泪光窗透。烟柳,烟柳,飞絮去时多久。

注释

①冷袖:冷清的衣袖,比喻孤独。

如梦令·摇篮曲

叶底摇篮轻荡,月下妈妈轻唱。儿曲伴风扬,宝贝梦沉酣畅。枝上,枝上,最怕蝉声高吭。

如梦令·追梦

渔火江枫愁望,明月旅人[①]对怅。把酒醉天涯,大梦茫茫无状[②]。流浪,流浪,何日青云直上。

注释

①旅人:指追梦人。
②无状:没有什么状况。

如梦令·怀旧

夜晚华灯初上,漫步大街小巷。旧景逝流光,不见影踪愁怅。难忘,难忘,月落归家路旷。

如梦令·郑州抗洪

千里洪流飞怒,肆虐人间不顾[①]。但闻一声呼,万众纷纷奔赴。争渡,争渡,急向郑州灾处。

注释

①不顾:一点也不顾怜。

唐多令①·盼归

野渡盼归舟。雪花落满头。十二年、独守空楼。多少归帆多少泪,人不见、水依流。

一去几春秋。天涯似梦游。旧光景、浑是新愁。泪饮当年分手②酒,醉影瘦、叹声幽③。

注释

①唐多令:词牌名,刘过体,词林正韵。

②分手:分别,离别。

③幽:深远。

人月圆①·怀李煜

愁词痛惜朱颜②改,难奈憾无涯。犹思往昔,雕栏玉砌,秋月春花。

西楼独上,回望故国,已是人家。恍然一梦,疏桐挂月,坟上寒鸦?

注释

①人月圆:词牌名,王诜体,词林正韵。
②朱颜:红润的面容。

调笑令①·鸿雁

鸿雁,鸿雁,两地搭桥牵线②。为何音绝三年,旧影浮光面前。前面,前面,天涯茫茫路断。

注释

①调笑令:词牌名,王建体,词林正韵。
②搭桥牵线:指鸿雁传书。

调笑令·知了①

知了,知了,心中也有烦恼。日夜高歌不消②,是怕光阴远遥。遥远,遥远,夏在秋还未返。

注释

①知了:蝉的别称。
②不消:不消停,不停止。

画堂春①·端午夜宿汨罗江

龙舟隐去鼓声停,黄昏过后月明。汨罗江上空余情。千古怀萦②。

风里离骚依唱,有谁驻足聆听。雄黄酒冷洒长亭。寂寞前行。

注释

①画堂春:词牌名,秦观体,词林正韵。
②萦:萦绕。

贺新郎①·江南春夜

水调②兰舟③唱,看桃风轻拂柳浪,月明江上。极目④江南眉峰⑤展,一纸春光浩荡⑥。夜将半、流连万状⑦,遍地柔情风中漾,月色中、正草长花放。忽惊见,有人唱。

江南旧事依激荡,世无常、人生有憾,几多愁怅。含泪呼花花不语,莫怨春来有恙⑧。只是那、青云难上,更让红颜心失望。去无痕、留下相思傍⑨。梦一场,怎能忘。

注释

①贺新郎:词牌名,叶梦得体,中华新韵。

②水调:曲调名。

③兰舟:木兰木制造的船。文学作品中常用作对船的美称。

④极目:满目;远望。

⑤眉峰:指春色。

⑥一纸春光浩荡:指江南春色像一纸画卷上的浩荡春光。

⑦万状:指各种景象。

⑧恙:病,毛病。

覓知音

辛丑秋月爾寫於詩畫居

齐天乐[1]·悯农

远天几点星光老[2]。多情露珠沾草。鸟叫枝梢,鸡鸣报晓[3],依是一天来到。朝阳挂角。喜四野风飘,水环山绕。怎解农人,整天里守夜贪早。

思春种秋获好。与光阴赛跑,时刻难了。岁岁煎熬,年年获少,哪日开怀欢笑。无边苦恼。用汗水来浇,向谁说道[4]。奋笔通宵,为农人发啸[5]。

注释

①齐天乐:词牌名,姜夔体,中华新韵。
②老:老去,这里指星光越来越微弱。
③晓:天刚亮的时候。
④说道:说法,说道理。
⑤啸:呼喊。

庆春泽[①]·思伊人

一抹残阳,徘徊不定,依依不舍柴门。浊酒千杯,难留寂寞黄昏。清风不过江天线[②],一叶舟、怅系枯根。月情深,破柳穿云,独照山村。

断鸿声里无由醉,念天涯渺影[③],泪雨纷纷。岁月成灰,菩提树下留尘。痴情几度相思苦,夜夜吟、烛泪幽魂[④]。痛心时,只见流光,不见伊人。

注释

①庆春译:词牌名,刘镇体,词林正韵。
②江天线:水天相接处如一线。
③渺影:渺远的身影。
④幽魂:愁寂很深的人。

误佳期①·醉光阴

停步洛阳烟柳,问杜康②何处有。曹公③言此解烦忧,试饮千杯酒。

醉了不知愁,梦挽刘伶④手。醒来惊见已白头,泪洒黄昏后。

注释

①误佳期:词牌名,汪懋麟体,词林正韵。
②杜康:指杜康酒。
③曹公:指曹操。
④刘伶:史上善饮之人,称酒仙。

多丽①·春

莫言由②,一枝红杏墙头。瞬间春、无声泄漏,八方四面飞流。玉兰羞、风中搔首,青青柳、隐约西楼。芳草柔柔,黄花瘦瘦,满山遍野笑难收。水岸走、夕阳牵手,引孤鹜追舟。西山后、晚霞红透,落日难留。

望云浮、山前雨后,自顾来去悠悠。破黄昏、月悬细柳,惊栖鸟、呓语不休。春色幽幽,夜明景秀,良辰如此有何忧。月下酒、醉忘所有,消却万千愁。星河右、细斟③北斗,彻夜欢游。

注释

①多丽:词牌名,张翥体,词林正韵。平仄略有变动。
②由:缘由。
③细斟:仔细斟酌,仔细观察之意。

菩萨蛮[①]·惜春

杏花雪后梨花雨,枝头叹落春无语。水伴落花流,天涯一样愁。

春将何处去,何日能相遇。泪送不思停,一程又一程。

注释

①菩萨蛮:词牌名,李白体,词林正韵。

菩萨蛮·怀袁公

风吹稻浪流悲意,斯人一去山河泣。百姓饱餐昔,袁公永记心。

田间无影迹,垂泪空追忆。尚有梦存留,还须来者酬[①]。

注释

①酬:完成。

水调歌头①·楚汉烽火

烽火②几时灭,泪眼问残阳③。不知过了今日,明日欲何方。漫漫狼烟愁顾④,处处荒园废土,不见一村庄。怅望乌江岸,无语话凄凉。

骨遗路,尸弃野,鸟盘冈。坎途险境,心碎能不思家伤。人是妻离子散,国又多灾多难。此事本无常⑤。但愿硝烟⑥尽,千里好还乡。

注释

①水调歌头:词牌名,苏轼体,词林正韵。
②烽火:战火。
③残阳:指快落山的太阳。
④顾:四顾,四下看。
⑤无常:指变化不定。
⑥硝烟:指战争。

水调歌头·母亲节怀已故母亲

相思又成恙①,一抹泪飞扬。任凭年岁悠远,依母子情长。破晓②西畴③挥汗,月照归家夜半,灯下补衣凉。黑夜正长漫,鸡叫母依忙。

雨风叹,纹皱满,发成霜。不应有憾,儿已功就慰柔肠④。慈爱无边难忘,血肉深情心上。跪拜向天堂。白发惊风叹,烟火泪残阳。

注释

①恙:病。
②破晓:天刚亮。
③西畴:西边的田地。
④柔肠:指母亲慈爱的心肠。

蓦山溪①·雪夜吟

梧桐疏叶,挂一轮残月。枝上宿凄清,恼鸦怨、呱呱不绝。朔风突起,夜急虐柴扉,撕户裂、吹灯灭、又送鹅毛雪。

茫茫夜啜②,藏几多心结③。想你总无眠,不相思、痴情难泄。翻来覆去,尽倩影幽魂,心伤彻、思更切、情爱终难绝。

注释

①蓦山溪:词牌名,黄庭坚体,词林正韵。
②啜:抽泣。
③心结:心中不易解决的问题,比喻内心的感情纠葛。

谒金门①·东风情

风乍起②,羞入小楼帘底。不道影遥千万里,痴心空负已。

落日楼头独倚,月下愁丝难理,过海飘洋来看你,此情能有几。

注释

①谒金门:词牌名,韦庄体,词林正韵。
②风乍起:春风刚刚吹起。风,指东风,即春风。乍,刚刚,起初。

谒金门·爱之惑

心已碎,从此不再流泪。纵酒狂歌依柳醉,夜深难入寐。

为爱万般憔悴,难敌红颜娇媚,弃了贫穷追富贵,不知谁错对。

祝英台近[①]·相思夜

夜风吹,难入寐。江上月含泪。怅望天涯,忘了倚栏累。奈何往事难追,光阴风逝,叹声里、唯能回味。

泪纷坠,湿了香信[②]多回,依难阻心碎。知雁难归,寄[③]浊酒来慰。更知长路星微,相思难至。怎了却、且先沉醉。

注释

①祝英台近:词牌名。辛弃疾体,词林正韵。
②香信:指女子写的信。
③寄:依托。

蜀江货艖

壬寅春月马勒画

生查子①·春景

云下清风柔,叶间光影漏。燕尾剪绿波,莺嘴叼花秀。

水歌青山前,霞舞残阳后。月上柳梢头,人约黄昏酒②。

注释

①生查子:词牌名,韩偓体,词林正韵。
②人约黄昏酒:人们相约在黄昏共饮。

钗头凤[1]·愁醉

虹桥[2]影,湖光映,水中飞落天堂景。游人净,鸟归隐,寂寞舟里,醉沉难定[3]。醒、醒、醒。

愁方兴[4],心难静,月光流过西窗岭。灯花冷,又飞杏,青春难永[5],暮年将近。省、省、省[6]。

注释

①钗头凤:词牌名,正体。
②虹桥:指雨过天晴后,天上出现的彩虹。
③定:安定,平静。
④兴:兴起。
⑤永:永驻,永远。
⑥省:反省,省悟。

钗头凤·闺情

樱桃口,兰花手,月容霞面羞依柳。胭脂扣,流云袖,暗香①风流②,等谁来嗅?候③、候、候。

年方蔻④,情初窦⑤,夜深常把鸳鸯绣。相思锈⑥,梦依旧,情爱深囿⑦,有谁来救?守⑧、守、守。

注释

①暗香:幽香。
②风流:风中流淌。
③候:等候。
④蔻:豆蔻。比喻少女。
⑤窦:孔,洞,这里指男女爱悦之情的萌动。
⑥锈:金属表层因氧化而生成的物质。这里比喻相思太久。
⑦囿:局限,拘泥。
⑧守:守候,等待。

钗头凤·情囿

酌一口,秋天酒,问春归日须多久。人依旧,魂深囿①,一断情愁,几年②回首。纠③、纠、纠。

黄昏后,听更漏,月光流过持杯手。心难受,孤灯守,夜色幽幽,影单窗透。瘦、瘦、瘦。

注释

①囿:有围墙的园林。这里是囚禁之意。
②几年:多年。
③纠:纠结,纠缠。